LES FUNÉRAILLES D'ARABERT, RELIGIEUX DE LA TRAPPE.

POÉME IMITÉ DE L'ANGLAIS DE M. JERNINGHAM.

Par MONSIEUR D****.

A LONDRES.

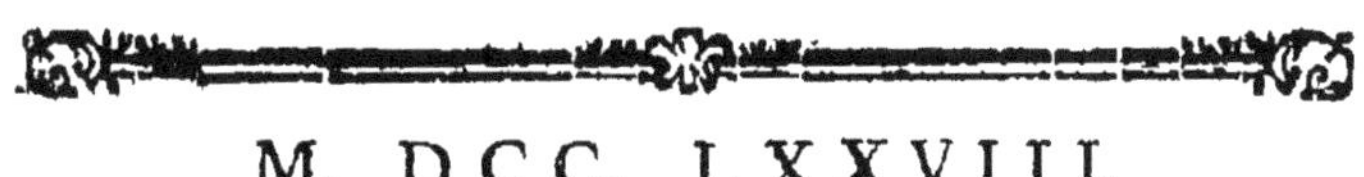

M. DCC. LXXVIII.

LES FUNÉRAILLES D'ARABERT.

POÉME.

LIVRÉE à ſa douleur, la belle Léonore
recherchoit les tombeaux que la lumière ignore.
Dans le ſein de la paix, le ſombre monument
inſpire le reſpect & le frémiſſement.
A ſa voute l'on voit la lampe ſolitaire,
dont la foible clarté, ſans donner la lumière,
en chaſſe moins la nuit qu'elle ne l'offre aux yeux;
dans toute ſon horreur elle montre en ces lieux
au trop cher Arabert la tombe deſtinée.

Léonore à sa vue, émuë, épouvantée,
pousse un profond soupir, les larmes sur son sein
s'échappent en torrent : abhorant son destin,
ô tombe où mon amant, tout ce que j'aime au
monde,
dit-elle, doit bientôt à ma douleur profonde
pour jamais se cacher, accorde à ce dépôt
la tranquillité rare, & que dans le repos,
à l'abri du tourment, suite de la tendresse,
il ne ressente plus l'horreur de sa foiblesse;
qu'il ne soit plus en proie à ces chagrins cuisants,
des tristes passions les compagnons fréquents;
pour comble de faveur, fais aussi qu'il ignore
tous les maux que ressent sa chère Léonore!
Elle s'abandonnoit à tout son désespoir;
un Vieillard respectable à ses yeux se fait voir;
Anselme étoit son nom, ses jours purs dès l'enfance,
comme le clair ruisseau, couloient dans l'innocence;
dans les Cloîtres nourri, la plus sage vertu
sait éclairer son cœur d'aucune erreur imbu;
du sophisme tortueux rejetant l'imposture,
il suit le droit sentier de la simple nature :
depuis long-tems il est assis au premier rang,
estimé, révéré, sans vouloir être grand;
peu jaloux du jargon d'une école trompeuse,
la seule humanité lui paroît précieuse;
sévère pour lui seul, pour les autres humain,
il sait des malheureux adoucir le destin.
Léonore il découvre, en sa douleur amère,
couchée tristement sur cette froide pierre.
A cet aspect touché : la plus juste raison
causeroit, lui dit-il, ta désolation,
si pour toi le bonheur jamais ne devoit luire;
à la mort d'Arabert le désespoir t'inspire

cette noire vapeur qui, comme un oragan,
s'élève ſur la paix de tes paiſibles ans;
tu regrettes en lui cette amitié ſi chère
qui te le fait pleurer mieux qu'on ne pleure un
frère.
Si nos pas ſont courbés des ans ſous les fardeaux
ne le cédons jamais à leurs violents aſſauts;
que la religion, par ſa grande influence,
vienne nous ſoutenir, & que la patience
d'une vie conſtante accompagne le cours.
Elève tes regards vers ce divin ſéjour
où l'ami, dans le ſein de ſon ami fidèle,
s'envole, la vertu le portant ſur ſon aîle.
Par d'orages fréquents nous ſommes menacés;
par d'obſtacles divers nos deſirs ſont croiſés:
mais le Ciel eſt clément quand en lui l'on eſpère,
& ce Dieu bienfaiteur envers l'homme eſt un père.
Léonore ſe leve à ces mots ſi touchants:
Bénie ſoit la voix de qui les doux accens
au-delà du trépas me commandent d'attendre!
je pourrai donc encor, malgré ſa triſte cendre,
contempler à loiſir l'objet de mes amours?
Anſelme arrête-toi pour ouir mon diſcours:
enfin l'impiété doit paroître ſans maſque,
la vérité quitter ſon appareil fantaſque.
En moi tu ne vois point un ſaint Religieux,
par un dur répentir amené dans ces lieux,
un pécheur accablé du poids de ſa miſère,
qui réclame pour lui ta bonté ſalutaire;
ha! pardonne, ... pardonne, ... Anſelme, mais
tu vois
une femme à tes pieds, reconnois-en la voix.
Anſelme ne fuis point, dans ma douleur affreuſe
ne m'abandonne pas; c'eſt la plus malheureuſe

des femmes que tu vois embrasser tes genoux,
implorer la pitié dont le pouvoir si doux
sait pénétrer ton cœur par sa divine flamme :
permets que tous mes maux je verse dans ton ame.
L'infortune assiégea mon sinistre berceau,
orpheline en naissant, j'arrosai le tombeau
des auteurs de mes jours par mes premières larmes ;
un oncle scélérat, me livrant aux allarmes,
trahit tous les devoirs d'un père bienfaisant ;
possesseur de mes biens, & ne reconnoissant
que le seul intérêt, pour ravir ma fortune,
il traversa les mers sans espérance aucune.
Hélas ! il me laissa pleurante sur mon sort,
de mes tristes parents en invoquant la mort !
Arabert adoucit les maux de ma jeunesse,
l'humiliation ne fit point ma tristesse :
je fus sensible, hélas ! à ses soins généreux ;
il essuya les pleurs qui couloient de mes yeux :
les ombres du chagrin fuirent à sa lumière.
Arabert sembloit moins prêter son ministère
à la religion qu'à la tendre pitié ;
mon cœur reconnoissant, invoquant l'amitié,
vit changer en amour cette reconnoissance ;
Arabert se trompant perdit son innocence :
mon bienfaiteur, trahi par son cœur bienfaisant,
s'égara sur mes pas, & devint mon amant.
Quelle étoit son ardeur, par un doux mariage
à la religion voulant rendre un hommage !
que ses mains demandoient, avec empressement,
cette chaîne qui joint les cœurs de deux amants !
mais la religion, à ses desirs contraire,
repoussoit tous les vœux de son cœur téméraire :
elle nous éloignoit de l'Autel de l'hymen,
& déchiroit deux cœurs unis par ses liens.

A ſon culte lié par des ſerments terribles ;
hélas ! bien différents de ceux des cœurs ſenſibles ,
Arabert , mon amour ne pouvoit être à moi ,
les loix de ſon pays me raviſſoient ſa foi :
par ſa religion de mon bonheur jalouſe ,
il m'étoit défendu d'avoir le nom d'épouſe.
Je perdis le repos avec le doux eſpoir ,
la conſolation retira ſon pouvoir.
Aimer , brûler , ſouffrir , tel étoit le partage
réſervé pour mon cœur , à la fleur de mon âge.
Par d'obſtacles cruels , bien loin de s'amortir ,
dans mon ſein mon amour ne fit que s'affermir ;
à ſon égarement j'abandonnai mon ame.......
Le remord vint troubler la douceur de ma flamme ,
il perça de ſes traits le cœur de mon amant ,
il arrêta l'eſſor d'un jeune homme imprudent
qui ſuivoit à grand pas des erreurs la carrière ,
il rendit Arabert à ſa vertu première :
je le vis , déchirant ſes guirlandes de fleurs ,
s'oppoſer aux tranſports de mes vives ardeurs ,
quitter des voluptés le ſein doux & perfide ,
ſourd à leurs douces voix , le repentir pour guide ,
s'enfoncer dans ces lieux , plein de componction
ſe ſoumettre au dur joug de la religion.
Hélas ! il me fuyoit ; mais encor ſur le monde
il jeta ſes regards , ſa bonté ſans ſeconde
veilla ſur mon bonheur , & ſa prodigue main
répandit ſes bienfaits , ſoulageant mon deſtin.
Mais pour moi de tréſors ! quel étoit mon partage !
le bienfaiteur abſent j'en mépriſois l'uſage ;
je ne le voyois plus , en proye à ma douleur
les ennuis ſurchargeoient mon trop ſenſible cœur.
Privée d'Arabert , la ſource de ma vie ,
je vis des paſſions la cruelle infamie ,

un retour ſur mon cœur m'offrit mes jeunes ans,
tous mes plaiſirs paſſés & mes égarements.
Le repentir ferma cette ſcène rapide ;
je ſuivis les tranſports d'une douleur rigide :
hélas ! trop vainement, au milieu des deſirs,
elle avoit pourſuivi mes criminels plaiſirs :
j'écoutai mieux ſa voix ; du Ciel en la préſence,
je répandis des pleurs, implorant ſa clémence.
Mes larmes, mes ſanglots, rien ne put me dompter ;
je vis, par le remord, ma fureur augmenter ;
trop triſte paſſion ! cédant à ſa contrainte,
d'un habit prohibé me ſervant de la feinte,
& déguiſant mon sèxe avec ce vêtement,
l'amour me couduiſit vers ce ſaint bâtiment.
La crainte ſe joignit à cette pudeur ſombre
qui couvrit mon amour du myſtère ſous l'ombre :
ignorée de tous, je voyois Arabert
dans ces moments chéris où déja dans les airs
le ſoleil atteignant au bout de ſa carrière,
reflète un demi jour par ſa douce lumière ;
je voyois Arabert, en méditation,
s'avancer lentement ; mon inclination
en comptoit tous les pas : retenant mon haleine
de falloir me cacher je devorois la peine ;
plus hardie à parler je hazardois par fois,
la crainte me glaçant, ma langue étoit ſans voix ;
je cédois à l'effort de ma douleur profonde,
Arabert adorant le Créateur du monde.
Malheureuſe ! que dis-je !.... Ha ! ma profane ardeur
vouloit à l'Eternel pouvoir ravir ce cœur,
entre Arabert & lui l'amour me précipite,
pour mon amant mon ſein uniquement palpite.
Quand, dans ma triſte erreur, pour lui ſeul je vivois,

Dieu me montra la loi qu'en mon cœur j'outrageois,
il dompta mes desirs & resserra ma flamme,
concentrant tout son feu dans le fond de mon ame.
Inconnue à des yeux que je cherchois toujours,
je voyois à loisir l'objet de mes amours;
de la religion aux saints devoirs fidèle,
je trompois tous les yeux par le masque du zèle:
vous même saint Vieillard, par ces jeux abusé,
fûtes séduit par l'art de cet amour rusé;
votre cœur pur & franc prit pour vertu sincère
les coupables transports d'une ardeur mensongère;
vous louiez ma vertu, mon zèle, ma ferveur,
& tout étoit le fruit d'une amoureuse ardeur.
Hélas! je ne sais point, vaincu par la contrainte,
si mon cœur n'étoit prêt de cesser toute feinte,
si je ne formois pas un projet criminel;
si je m'en garantis, j'en loue l'Eternel.
Au milieu des horreurs d'une nuit ténébreuse
que l'ennui, les chagrins rendoient encor affreuse,
un fantôme paroît, il étoit revêtu
de funèbres habits; par sa voix abattu,
mon courage à l'effroi soudain cède la place:
ne crois pas, me dit-il, qu'ici, par ton audace,
l'impiété triomphe après ces courts instants;
c'en est fait plus d'espoir pour tes vœux imprudents;
ouvre l'oreille aux sons de la cloche terrible
qui va se faire ouir; entend, s'il t'est possible,
son funèbre signal, tremble dans ta frayeur;
elle sonne la mort du desir de ton cœur.
Je m'élance du lit, je vole vers l'Eglise,
conduite par l'amour; qu'elle fut ma surprise!
le temple étoit rempli par les Religieux;
Arabert est l'objet que recherchent mes yeux;
je ne le trouve point, je vole à ces bocages

où pour y méditer ſe retirent nos ſages ;
déja tous mes regards , mes pas ont viſité
ces lieux , ſans mettre fin à ma perplexité ;
je ſens tout mon malheur , je tombe ſur la terre :
plus d'eſpoir , m'écriai-je , à ma dure misère ;
ha ! ſans doute, ſans doute, en ce moment affreux
Arabert....... la clarté n'éclaire plus ſes yeux ;......
il expire , il n'eſt plus , ſans que ſa tendre amante
ſoutienne dans ſes bras ſa tête défaillante ;
l'Epouſe de ton cœur ne pourra pénétrer
juſqu'à ton lit de mort , & ſes ſoins te donner :
tu meurs , ha ! mon amant , l'amour diſpute encore;
t'aimer c'eſt le devoir du cœur de Léonore ,
elle doit deſirer de pouvoir recueillir
dans tes derniers moments ſur ta bouche un ſoupir :
ma vue troubleroit peut-être tes penſées ;
Arabert , Arabert , que nos amours paſſées
ne diſputent ton cœur à ce Dieu bienfaiſant
de qui je ne dois pas balancer l'aſcendant.
Miniſtre bienfaiteur de mon inquiétude ,
le jour , par ſa clarté , leva l'incertitude :
ô déſeſpoir ! ô mort d'un amant malheureux !
ô ſort de Léonore encor plus rigoureux !
hélas ! j'ai lu , j'ai lu dans le ſacré portique ,
une ombre me prêtant ſon flambeau fantaſtique ,
Arabert ne vit plus , adreſſez au Seigneur
des prieres pour lui. Dans ma vive douleur
que la joie , que la paix , ai-je dit , t'accompagne ,
il n'eſt plus de plaiſirs pour ta chère compagne :
Arabert , Arabert trop tendrement aimé ,
vainement tu me fuis ; dans mon cœur imprimé
je garde ton portrait ; dans ſa douleur cruelle
mon ame brûlera d'une flamme éternelle.
O toi ! de ton ami fidèle confident ,

qui connus les penſers de mon trop cher amant,
& dans le ſein de qui ſa juſte conſcience
verſa tous ſes remords avec que confiance ;
je ſais, des malheureux ſenſible protecteur,
que tu peux recevoir leurs larmes dans ton cœur ;
ha ! dis-moi, par pitié de l'affreuſe tendreſſe
qui, fixant ſon amour, l'unit à ſa maîtreſſe,
ou plutôt, par égard pour l'heureuſe vertu
qui rendit près de lui mes efforts ſuperflus,
& lui fit repouſſer, avec un front rigide,
tous les appas trompeurs de ce monde perfide ;
dis-moi, je t'en conjure, au nom de ma douleur,
Arabert, en mourant, m'a-t-il laiſſé ſon cœur ?
Pour lui, de mon penchant déplorable victime,
je vis couler mes jours dans les horreurs du crime ;
j'ai tout ſacrifié, ma gloire, mon repos ;
je t'en fais un aveu ; le plus affreux des maux,
j'ai craint, dans ma douleur, par l'amour délaiſſée,
de ne plus occuper d'Arabert la penſée.
Mortel compatiſſant éclaire mon eſprit,
& ſuſpend le fardeau dont ma peine frémit :
peut-être, par ſon froid, la ſage indifférence,
à ton diſcours joindra ſa bénigne aſſiſtance.
Aurai-je mal connu le cœur de mon amant ?
ou dois-je à la douleur vouer mes triſtes ans ?
Anſelme n'écoutant plus que la bienfaiſance :
attentive, dit-il, bannit la méfiance :
quand, ſur le lit de mort, victime de ſon mal,
Arabert attendoit l'heure du coup fatal,
près de lui l'amitié, par mes ſoins ſecourables,
ranimoit ſon eſpoir, ſoutien des miſérables ;
aſſis à ſes cotés je répandois des pleurs.
Enfin, voici le tems, dit-il, où mes malheurs
vont terminer leur cours avec que ma carrière ;

& j'atteins le moment de mon heure dernière ;
que j'en ai de plaisir ! qu'ajouter à mes jours ?
l'infortune sans cesse en poursuivroit le cours.
Parle, mon cher ami, n'ai-je pas de ma vue
éloigné cet objet dont le regret me tue ?
tu connoîs de mon cœur quels furent les efforts
pour vaincre le penchant qui me cause la mort :
tu m'entends ; j'ai tout fait pour chasser de mon
ame
l'impure volupté d'une si douce flamme ;
j'ai voulu me cacher dans ces sombres déserts ;
un souvenir cruel m'a redonné mes fers ;
le remord dévorant vouloit briser ma chaîne,
ses efforts ne faisoient que redoubler ma peine :
que j'étois nonchalant de présenter à Dieu
le sacrifice, hélas ! de ce dernier adieu !
Quand tout fuit devant moi, dans ce moment encore
je vois, je vois les traits de l'objet que j'adore ;
cette image chérie à mon cœur vient s'unir,
Léonore, l'amour à mon dernier soupir.
Arabert dans mes bras, privé de connoissance,
à ces mots a perdu tout signe d'existence.
Ha ! reprend Léonore, injuste sentiment
a tu pu soupçonner le cœur de cet amant !
Ai-je pu t'écouter ! un crime involontaire
pardonne, cher amant, à ma dure misère !
Morte au monde trompeur pour toi seul je vivois,
mes pensers, mes desirs à toi seul j'adressois,
du Dieu que j'outragai je craignois la vengeance ;
j'adorois le courroux de sa toute-puissance ;
je détestois l'excès d'un criminel amour ;
je répandois des pleurs, mais je t'aimois toujours.
Elle parloit encor, quand le son de la cloche

vint troubler ſes eſprits ; le convoi qui s'approche
va bientôt arriver au portique divin.
Dans cet affreux moment, que tu ſentis la main
du céleſte Vengeur ! & combien ſa juſtice
ſut, dans cet appareil, ménager ton ſupplice !
Léonore, tu vis tous les Religieux
avancer dans la Nef, & ces lugubres lieux
recevoir des flambeaux la funèbre lumière ;
tu vis ton cher amant étendu dans la Bierre.
A ſa vue ſon cœur, par tant de coups battu,
fait un dernier effort, ranime ſa vertu :
d'un pas mal aſſuré, & d'un regard timide,
elle approche ce corps déja froid & livide ;
tandis qu'elle combat ces aſſauts différents,
elle adreſſe ces mots aux Prêtres aſſiſtants :
» attachez vos regards frappés par la ſurpriſe,
» ſur une femme oſant hazarder l'entrepriſe
» d'avoir des vêtements à ſon sèxe proſcrits,
» de pénétrer ces lieux qui lui ſont interdits.
Ma vive paſſion me rendant téméraire,
je ſalis des vertus l'auguſte Sanctuaire :
ſéviſſez contre moi, que le plus noir cachot
en proie à mes douleurs me ſerve de tombeau ;
je ſoumets aux tourments d'une dure juſtice,
mes crimes, mes forfaits, attendant mon ſupplice.
Si la pitié touchante, unie à la vertu,
pouvoit faire douter votre eſprit combattu,
(la vertu, la pitié l'on voit inſéparables)
étoutez le récit de mes maux déplorables :
ſenſibles à ma voix tenez, pour un inſtant,
de ma punition les apprêts en ſuſpens ;
que ma vive douleur, & que ma plainte amère
innondent, par mes pleurs, cette cruelle bierre :
laiſſez-moi prodiguer ce tribut de douleur

à l'objet qui m'emporte avec que lui mon cœur.
Hélas ! ce ſein déja rendu froid , inſenſible ,
ignore mon ardeur ! Mais quoi !... m'eſt-il poſſible !...
Qu'ai-je dit, Prêtres ſaints ? Pardonnez... Arabert...
combien je le chéris je ne puis exprimer.
O toi qui nous plaça dans ce lieu de misère ,
valée , le ſéjour de la douleur amère ,
dont le poiſon corrompt , par les durs repentirs ,
de nos cœurs agités les coupables plaiſirs ;
ſi , comme nous devons pieuſement le croire ,
ton bras juſte & puiſſant , pour conſerver ta gloire ,
punit après la mort , par des feux éternels ,
le penchant de l'amour ennivrant les mortels ,
ha ! Dieu juſte , ton bras ſecondant ta juſtice ,
ſur moi , ſur moi fera retomber ce ſupplice ;
c'eſt moi , c'eſt moi , Seigneur , qui put à la vertu
arracher Arabert , c'eſt moi qui l'ai perdu ,
qui l'ai précipité dans cet affreux abyme ,
par des ſentiers fleuris je l'ai conduit au crime ;
je trompai ſa raiſon , je ſéduiſis ſon cœur ,
j'ai tout fait , je ſuis cauſe , hélas ! de ſon malheur :
il prit part aux tranſports de ma vive tendreſſe ,
qu'il ne partage point mes maux dans ma détreſſe ,
le crime fut de moi , c'eſt moi qu'il faut punir.
En prononçant ces mots , ſa main va découvrir
le corps de ſon amant , de cette triſte vue
voulant raſſaſier ſon ame trop imbue :
l'image d'Arabert eſt gravée en ſon cœur ;
elle jette un regard dans ſa vive douleur ,
mêlant le déſeſpoir avec que la tendreſſe ,
ſur ce cercueil où gît l'objet de ſa foibleſſe :
cet orage accablant ſe rompt par des ſanglots ,
elle ne forme plus que le vain ſon des mots.
» Quoi ! ces yeux animés d'un ſentiment ſi tendre-

» ſont fermés pour jamais, & cette froide cendre
a fané le vermeil de ces lèvres de feu!
ſans qu'il puiſſe m'ouir je lui fais mon adieu!
Léonore courbant ſa tête chancelante,
veut preſſer ce corps froid; arrêtant cette amante
Anſelme veut ſauver le reſpect du Lieu ſaint;
Léonore pleurant ſe jette ſur ſon ſein:
» puis-je oublier jamais l'objet de ma tendreſſe;
» & ſi vous condamnez mon indigne foibleſſe,
» ingrate pourriez-vous approuver mes froideurs?
Je crois voir ſes vertus ſoulageant mes malheurs;
je le vois m'accueillant, au ſein de ma misère,
me ſervir, par ſes dons, & de mère & de père:
mais, hélas! de ſon cœur le bienheureux préſent
étoit cent fois plus beau que l'or de mon amant;
dois-je manquer de voix quand ſa vertu me touche?
le reſpect de ce lieu doit-il fermer ma bouche?
De l'irréligion ſéparant la pitié,
conſultez les tombeaux de la tendre amitié;
voyez ceux des amants, des pères & des mères,
s'ils ne ſont arroſés par des larmes amères,
ſi la douleur n'y vient apporter ſes ſanglots,
un cœur reconnoiſſant s'y plaindre de ſes maux?
Grand Dieu! le ſentiment prendrois-tu pour offenſe!
je me ſoumets tremblante à ta juſte vengeance;
détruis, anéantis ce cœur compatiſſant,
j'adore, ſous ſes coups, ta main me puniſſant:
Arabert ne vit plus, dans ma dure misère,
en toi ſeul, mon ſoutien, uniquement j'eſpère.
Sa voix s'égare au loin portée par ſes cris,
par de lugubres chants la voute retentit;
les échos répondant par des ſons lamentables;
tous les Prêtres ſuivoient les parvis formidables,
la foſſe étoit ouverte attendant ſon dépôt.

Léonore penchant ſur le bord du tombeau :
» adieu donc mes plaiſirs, adieu vive tendreſſe ;
» adieu beauté, vertu, tréſor d'une maîtreſſe,
& toutes qualités qu'eut jamais un mortel,
adieu, cher Arabert : va, ce cœur criminel
ne veut point te laiſſer repoſer dans ta tombe....
dans mon cœur tu vivras ; à mes maux je ſuccombe...
Je crois voir ce corps froid prêt à ſe ranimer ;
j'entends ſa ſombre voix me dire de l'aimer :
c'eſt aſſez ; je l'entends cette voix ſépulcrale,
qui me dit de quitter cette terre fatale.
Léonore hâte-toi, me dit-elle, hâte-toi,
ma trop chère moitié viens te rejoindre à moi.
Je t'entends, Arabert ; m'uniſſant à ta cendre,
pour te trouver je vais dans le tombeau deſcendre.
Anſelme, quand la mort ſur ce triſte cercueil
viendra me préſerver des horreurs de mon deuil,
me refuſeras-tu qu'à ma juſte priere
l'on uniſſe nos cœurs dans une même bierre ?
Il m'appelle, je cours, je cède à tant de maux ;
ô, mon Dieu ! je t'invoque, éloigne tes fléaux !
Tous les Religieux admiroient en ſilence :
Léonore ſe lève, en la tombe s'élance ;
Anſelme tend les bras deſirant l'arrêter,
on court à cette amante : elle vient d'exiſter.
Exemple malheureux de l'humaine foibleſſe,
des triſtes paſſions le fruit de la tendreſſe.
O grand Dieu ! prends pitié de nos fréquents malheurs !
en vengeant les forfaits punis-tu nos erreurs ?

FIN.

ÉPITRE A OVIDE

AUX CHAMPS ÉLISÉES.

O Toi ! charmant Auteur , dont la vive peinture
traça les ſentiments de la douce nature ;
& de qui le pinceau , par des traits immortels ,
te fit , avec l'amour , partager ſes Autels ;
de tes tendres Ecrits rapellant la mémoire ,
je voulois avoir part aux rayons de ta gloire ,
& rendant tes leçons dans le ſtyle français ,
je voulois , de l'amour aſſurer le ſuccès.
Ce Dieu qui ranima les accords de ta Lyre ,
dans un ſommeil profond a daigné me ſourire :
je te ſais fort bon gré , m'a-t-il dit , de vouloir
par ta traduction augmenter mon pouvoir ;
obſerve cependant qu'en ce ſiècle où nous ſommes ,
amour n'a pas beſoin d'inſtruire tant les hommes ;
du Romain le cœur fier , peu fait aux paſſions ,
d'Ovide demandoit les touchantes leçons ;
mais le cœur du Français , né pour être volage,
dévance les leçons du docte perſonnage :
un ſeul âge pourroit en tirer quelque fruit ,
& par ton premier Chant il eſt aſſez inſtruit.
Au printemps des plaiſirs , goûte leur douce ivreſſe ,
réſerve le travail pour la froide vieilleſſe ;
dans ton cœur j'ai formé le tendre ſentiment ,

de mes chers favoris suis l'aimable penchant.
Ainsi parla l'amour. Pour t'imiter, Ovide,
je dois à ses conseils ne pas être perfide.
De son temple divin tu mis les fondements,
après l'avoir construit tu le peuplas d'amants,
tu les y conduisis avec art & mesure,
leur traçant les sentiers qu'indique la nature,
assuras leur bonheur, leur appris à jouir;
par ton art retenu le plaisir ne put fuir;
tes préceptes chéris fixant les cœurs des belles,
à l'amour inconstant retranchèrent ses aîles,
& l'amant malheureux apprit, par tes leçons,
le remède qu'il faut porter aux passions.
Dégagé, comme toi, de toute servitude,
de te remettre au jour j'eusse fait mon étude;
je puis bien quelquefois avec toi promener
sur le Mont Hélicon, mais non y séjourner.
Le tems, par ses cinq doigts, mon cinquieme lustre
va bientôt me marquer : sans être encore illustre,
cet âge tu perdis dans les amusements;
je dois le consacrer à des soins importants.
Toutefois fandra-t-il, imprudemment aux Muses
parce que j'ai promis tes œuvres si fameuses,
dans un double travail mon repos consumer?
Tant pis pour qui ne sait comme l'on doit aimer.
Les regrets d'Arabert, les pleurs de Léonore
annoncent les dangers qu'on court lorsqu'on adore :
cet écrit instruira le malheureux amant,
qu'on doit se méfier d'un tendre engagement.
Quant aux Muses, ce sont heureusement des femmes
à qui, pour contenter les ardeurs de ses flammes,
& d'un air gracieux leurs faveurs obtenir,
l'on peut promettre tout, sans jamais rien tenir.

ÉLÉGIE

IMITÉE DE L'ANGLAIS,

DE M. CRAY.

DEja les triſtes ſons de nos cloches funèbres
annoncent le retour des épaiſſes ténèbres ;
les troupeaux mugiſſants, d'un pas lent, tortueux,
s'avancent vers l'étable ; abandonnant ces lieux,
le Laboureur laſſé retourne à ſa chaumière,
il livre l'univers privé de la lumière,
à l'effroi de la nuit, aux conſternations,
à l'accablante horreur de mes réflexions ;
l'on ne voit plus briller les naiſſantes prairies,
le ſilence me livre aux longues rêveries ;
des inſectes volants dans le vague de l'air,
troublent ſeuls le repos de ce ſombre déſert,
leur murmure s'étend au loin dans la campagne.
Mais quel gémiſſement ce ſon rude accompagne ?
C'eſt le hibou plaintif, ſur cette antique tour
attendant le départ du meſſager du jour ;
j'ai troublé, par mes pas, l'ancienne ſolitude,
les boſquets habités par ſon inquiétude.
La mouſſe que le temps en pouſſière changea,
ſous ces arbres touffus s'élève par grand tas ;
c'eſt là ſous cet ormeau ; ſous ce cyprès ſauvage,
que repoſent les os des Bergers du Village :
ils ſont enſévelis ſous ces étroits tombeaux;

les cris aigus du coq & la voix des oiſeaux,
l'accord mélodieux des inſtruments champêtres,
ne pourront les tirer de leurs ſombres retraites;
ils ne pourront jamais ſavourer le plaiſir
des parfums apportés ſur l'aîle du zéphir:
ils firent la moiſſon avec leurs faux tranchantes,
la terre fut docile à leurs bêches peſantes;
ils conduirent les chars; le chêne audacieux
gémiſſant ſous leurs coups fit retentir ces lieux:
il ne ſe chauffent plus aux flammes d'un vieux hêtre;
ils ne s'égayent point dans un repas champêtre;
& ce n'eſt plus pour eux, que de tendres enfants
élèvent vers leurs cols des bras chers, innocents,
pour avoir des baiſers enviés à leur mère.
Pourquoi mépriſez-vous, ambition altière,
leurs utiles travaux & leur ſimplicité,
leurs plaiſirs innocents, & leur obſcurité?
Grandeur, ne pourras-tu, ſans le dédain du rire,
écouter le récit que le pauvre m'inſpire!
La naiſſance orgueilleuſe & le pouvoir pompeux,
l'éclat puiſſant de l'or, celui de deux beaux yeux
ne peuvent éloigner l'heure à nos jours fatale;
la gloire ne peut fuir une urne ſépulcrale.
L'écho ne rendit pas l'éloge des paſteurs,
un ſuperbe tombeau ne reçut point leurs cœurs;
pourquoi les plaignez-vous, Puiſſances de la terre?
L'orgueil d'un monument, relevant leur misère,
peut-il rendre le ſouffle à leurs cadavres froids,
la vapeur de l'encens leur redonner la voix?
L'oreille de la mort peut-elle être flattée
par les accens trompeurs d'une harangue outrée?
Peut-être a-t-on placé ſous ce triſte terrein
un cœur jadis rempli d'un feu pur & divin,
des bras faits pour l'honneur de régir un empire,

qu de tirer les sons d'une touchante lyre.
La science à leurs yeux, ses livres présentant,
ne les enrichit point des dépouilles du temps;
l'indigence étouffa dans leur sein le génie,
glaça, dans leurs pensers, cette source de vie.
Ainsi le fin diamant est caché dans le roc,
le saphir renfermé des durs monts sous le bloc;
ainsi dans le désert mille fleurs renaissantes
répandent le parfum de leurs odeurs piquantes.
Ici gît un Hampden, opposant ses vertus
aux efforts des tyrans qu'il auroit combattus:
ici gît un Milton qui vécut sans écrire,
& sans goûter l'honneur d'une savante lyre:
ici gît un Cromwel, de qui les pures mains
ne versèrent jamais le sang des citoyens:
ils ne regnèrent point par l'heureuse éloquence;
l'obscurité leur fit perdre la récompense,
juste fruit des vertus, l'honneur d'un nom fameux
avec la faculté de faire des heureux.
Si leur vertu plia sous le faix des entraves,
leur cœur ne sentit point les tourments des coupables;
à travers le carnage & les corps des mourants,
le fer ne les a point placés aux premiers rangs;
vivant toujours en paix avec leur conscience,
ils ne fermèrent pas leurs cœurs à la clémence;
leur lyre, profanant ses accords criminels,
n'a jamais célébré les vices des mortels.

ROMANCE.

JE vais donc aimable Palmire,
enfin ſoulager, dans tes bras,
le trop cruel, le dur martyre
que me causèrent tes appas.

Je ſens ſur mes lèvres errante
mon ame, qui veut me quitter,
dans le cœur de ma tendre amante
deſirant d'aller ſe placer.

Que ne puis-je, par un ſeul être,
avec toi m'unir, exiſter,
heureux, dans ce ſéjour champêtre
avec toi ſeule d'habiter !

Dans cette faveur ſans ſeconde,
je vois devant moi s'éclipſer,
s'enfuir tout le reſte du monde,
ſeule je te vois exiſter.

Colin débitoit ſa fleurette,
tenant ſa Mie dans ſes bras :
vain diſcours ; car cette fillette,
ſentant mieux, ne l'entendoit pas.

FABLE.

LE SINGE.

Tous les Turcs ſont grands voyageurs :
les plus petits, comme les hauts Seigneurs,
font à la Mecque un long pélérinage ;
& les dévots, car par-tout il en eſt,
font deux fois le voyage,
pour plaire à Mahomet.
Un de ces fidèles Croyans,
dans ſon pays en revenant,
prit dans un bois un Sapajou charmant :
Jeannot étoit de jolie encolure,
& tout plaiſoit dans ſa ſtructure.
Le Muſulman, guidé par ſon affection,
à le dreſſer mit ſon attention :
une riche nature
prête facilement à l'art de la culture ;
en peu de tems Jeannot devint gentil ;
il n'étoit pas de tour de paſſe-paſſe,
il n'étoit pas de jolie grimace,
qu'avec ſuccès Jeannot ne fît.
Le Muſulman ſe mettant en voyage
une ſeconde fois,
pour compagnon de ſon pélérinage,
prit Jeannot avec ſoi :
quand on fut arrivé dans ſon pays natal,
un ſecret mouvement tourmenta l'animal ;
fatigué de ſon eſclavage,

& craignant de finir ſon âge
dans la captivité,
il voulut, en fuyant, chercher la liberté.
Voilà Jeannot dans ſa patrie,
lutiné par la rêverie,
la fille de l'oiſiveté;
alors, pour ſe déſennuyer,
& divertir ſes camarades,
il répétoit, avec art, les gambades
qu'aucun ne pouvoit imiter:
mais, Jeannot auroit eu beau faire;
eût-il eu mieux le ſavant art de plaire,
on n'étoit diſpoſé que pour le critiquer.
Sentant l'aigreur de leur plaiſanterie,
Jeannot leur fit la juſte repartie:
vous qui faites les importants,
je vous prie d'en faire autant.

Ce Singe avoit raiſon:
ſouvent un eſprit ſatyrique,
qui croit briller dans la critique,
échoue en l'exécution.

FIN.

www.ingramcontent.com/pod-product-compliance
Ingram Content Group UK Ltd.
Pitfield, Milton Keynes, MK11 3LW, UK
UKHW020539230726
13925UKWH00006B/2382

9 782014 075038